MONIKA MARON
BONNIE PROPELLER

Erzählung

Hoffmann und Campe

1. Auflage 2020
Copyright © 2020 Hoffmann und Campe Verlag, Hamburg
Umschlaggestaltung und Illustration:
Vivian Bencs @ Hoffmann und Campe
www.hoffmann-und-campe.de
Satz: Dörlemann Satz, Lemförde
Gesetzt aus der Adobe Caslon Pro
Druck und Bindung: CPI books GmbH, Leck
Printed in Germany
ISBN 978-3-455-01161-6

Ein Unternehmen der
GANSKE VERLAGSGRUPPE

Momo starb ein paar Tage vor Weihnachten. Im Frühjahr hatten wir gehofft, er würde noch zwei Jahre leben, dann wäre er fünfzehn geworden. Im Sommer, als er mit dem rechten Hinterbein schon leicht hinkte, dachten wir, er könnte es noch bis zum nächsten Sommer schaffen. Aber dann ging alles sehr schnell. Am Ende stolperte er fast bei jedem Schritt, auf dem Parkett rutschten ihm die Beine weg, und das Leid in seinem Hundegesicht war herzzerreißend. Ich ahnte, dass ich den richtigen Tag für Momos Tod nicht finden würde. Nur nicht zu früh, aber als ich es endlich entschieden hatte, dachte ich, es war vielleicht schon zu spät.

Ich litt mit ihm, ich trauerte um ihn, und gleichzeitig suchte ich nach einem neuen Hund. Manche Menschen finden es herzlos, einen Hund gleich durch einen anderen zu ersetzen, weil sie in dem Hund vor allem ein Objekt ihrer Liebe sehen wie in einem geliebten Menschen, den man schließlich auch nicht innerhalb von Wochen oder sogar Tagen durch die Anschaffung eines anderen Menschen ersetzen kann. Natürlich habe auch ich Momo geliebt als den einzigartigen, ganz besonderen Hund, der er war. Gleichzeitig war er aber ein Vertreter aller Hunde, auch aller Tiere, eine Art Institution. Und wenn der Vertreter einer Institution stirbt, der Papst oder ein Staatspräsident oder ein Parteivorsitzender, dann muss er auch sofort ersetzt werden, weil sonst ein ganzes Gefüge in Unordnung geraten kann. In diesem Fall war das Gefüge, das in Unordnung geraten konnte, mein eigenes Leben. Ich brauche ein Wesen um mich herum, das nichts anderes ist als Leben, das nichts weiß vom Aufstieg und Niedergang Roms, vom Dreißigjährigen Krieg und von der Shoah, nichts von Platon, Joyce und Kafka, nicht einmal von Konrad Lorenz; ein Lebewesen, das sich nicht für die neuesten Nachrichten interessiert und dem das Wort Zukunft nichts bedeutet. Zwischen dem Hund und mir geht es nur um das Elementare, um die Nahrung, die Gemeinsamkeit und um Liebe. Es ist das Bündnis von zwei Kreaturen mit dem einzigen Zweck, einander Freude und Beistand zu sein. Den Hund verstehen bedeutet auch, das Tier in mir zu verstehen. Und abgesehen von diesem ideellen Aspekt des Zusammenlebens gab es auch noch den ganz profanen, die vom Hund bestimmte Ordnung eines Tages.

Momo war tot, niemand zwang mich, auf die Straße zu gehen, niemand stand pünktlich um halb eins vor mir mit forderndem Blick, weil es Essenszeit war, kein Momo stupste mich, weil er gestreichelt werden wollte. Ich saß verloren in meiner Wohnung und fragte mich, was ich hier eigentlich soll. Mein Hund war gestorben und hatte mich in die Einsamkeit entlassen. Ich brauchte einen neuen Hund.

Als Bruno, mein Hund vor Momo, gerade gestorben war, habe ich auch mit verheulten Augen im Internet unter dem Stichwort Riesenschnauzermischling nach einem Nachfolger gesucht. Damals hatte ich Glück. »Sieht aus wie ein Riesenschnauzer, ist aber keiner« stand da über einen Hund, der schon auf einer Berliner Pflegestelle auf mich wartete und fünf Tage nach Brunos Tod bei mir einzog.

Auf einen ähnlich glücklichen Zufall hoffte ich auch diesmal. Ein bisschen kleiner als seine beiden Vorgänger sollte der neue Hund sein, und diesmal kein Rüde, ein Tribut an mein Alter und die vermutlich irgendwann schwindende Kraft. Ich suchte wie immer unter dem Stichwort »Schnauzermischling«, keinen Welpen, aber auch nicht zu alt, nicht zu groß, aber auch nicht zu klein. Zwei, die mir gefielen, waren schon vergeben. Ich verbrachte die Tage im Internet und suchte meinen neuen Hund., während Momo noch wie ein Schatten durch die Wohnung geisterte. Irgendwann muss ich auf eine Hündin mit dem seltsamen Namen Propeller gestoßen sein und wohl auch eine Anfrage an den vermittelnden Verein geschrieben haben. Und dann habe ich Propeller wieder vergessen, bis eines Morgens das Telefon klingelte und eine freundliche Stimme erwartungsfroh sagte, ich hätte mich doch für die Hündin Propeller interessiert. Ich wusste nicht mehr, wer unter den vielen Hunden, deren Fotos, Videos und Charakterbeschreibungen ich inzwischen gesehen und gelesen hatte, nun Propeller war, sagte, ich wolle noch einmal darüber nachdenken und mich dann melden. Ich suchte auf der Website des Vereins nach Propeller, fand eine schwarze, grau gefleckte Hündin, die ihrer Begleiterin bis ans untere Knie reichte, deren Schulterhöhe mit fünfundvierzig Zentimetern angegeben war und ihr Charakter als liebenswürdig und mit jedermann verträglich. Sie ähnelte auch entfernt einem Schnauzermischling. Natürlich war sie kein Momo, so wie Momo ja auch kein Bruno war, aber eigentlich war sie das, was ich suchte. Ich schickte Propellers Internetauftritt an meine Freunde, und wir entschieden gemeinsam, dass sie der richtige Hund für mich sei. Ich sagte zu, was noch nichts bedeutete, denn so, wie

Propeller sich vor mir zu bewähren hatte, wurde ich nun von dem Verein geprüft. Ob ich genug Platz, Zeit und Geld für einen Hund hätte, ob ich hundeerfahren sei und mit ihm eine Hundeschule besuchen würde, ob ich notfalls eine Operation bezahlen könnte. Alle Fragen konnte ich guten Gewissens zur Zufriedenheit eines jeden Tierschützers beantworten, bis ich zu der Frage nach meinem Geburtsdatum kam. Es war wohl eine höhere Fügung, dass ich mich tatsächlich verschrieb und statt auf die vier auf die fünf tippte, Geburtsjahr 1951 statt 1941. Propeller war erst achtzehn Monate alt, und ob ich sie bei ausreichender Gesundheit überleben würde, lag in des Schicksals Hand. Aber wenn ich achtundsechzig wäre und nicht achtundsiebzig, wäre das schließlich nicht anders. Und natürlich hatte ich für den Fall meines plötzlichen Ablebens oder Siechtums vorgesorgt und wüsste Propeller dann in guter Obhut. Am Ende des langen Fragebogens stand, dass bei falschen Angaben oder versuchter Täuschung der Vertrag nicht zustande käme. Ich ließ die fünf stehen, ich hatte ja nicht täuschen wollen, ich hatte mich nur verschrieben. Aber es stand noch die leibliche Prüfung bevor, die Vorkontrolle, das heißt ein Hausbesuch. Ich bat meinen Sohn, der zwar schon über fünfzig ist, aber noch ein ganz jugendliches Bild abgibt, um Beistand.

Ich schminkte mich, zog eine weiße Bluse an. Weiß, dachte ich, wirkt irgendwie frischer als Schwarz. Ich lüftete ausgiebig die Wohnung und räumte Zigaretten und Aschenbecher weg, die Enkelkinder schickten wir zu den Nachbarn, damit meine unbedachte Enkeltochter nicht etwa sagt: Großmutter, dafür, dass du schon achtundsiebzig bist, siehst du heute ganz schön jung aus. Die Kontrolleurin, eine junge Frau, kam mit ihrem Hund. Wir sprachen über Hunde im Allgemeinen, über Momo, über den Hund der Kontrolleurin, der krank war, wir gingen noch einmal den Fragebogen durch, ich fürchtete die Frage nach dem Geburtsdatum, aber kurz davor sagte sie, jetzt käme ja nur noch das Allgemeine, und fragte nicht weiter. Ich fragte, ob sie wisse, warum der Hund Propeller heißt. Nein, das wisse sie nicht. Es war ein freundlicher Besuch, nach einer Stunde verabschiedeten wir uns bis zum Herbst, zur Nachkontrolle. Es war Anfang Januar, wir wussten noch nichts von Corona.

Propeller kam aus Ungarn, der nächste Hundetransport sei in zwei oder drei Wochen geplant, hatte die Frau vom Verein gesagt, und ob ich den Hund in München abholen könnte. Ja, natürlich. Ich konnte alles, wenn sie mir nur den Hund geben würden, trotz der geschummelten Fünf.

Ich kann mich nicht erinnern, dass ich in diesen Wochen etwas anderes getan hätte als trauern und warten. Ich stand wie immer im Winter zwischen sieben und acht auf, trank Kaffee, aß etwas, rauchte, las die Zeitung, manchmal war ich mittags noch nicht angezogen. Die Tage verloren jede Struktur. Ich telefonierte mit Freunden. Wir suchten einen Namen für den neuen Hund, Propeller wurde einhellig verworfen. Ich entschied mich für Jule. Meine Freundin E., die eine Freundin namens Jule hat, protestierte, niemals würde sie meinen Hund mit diesem Namen ansprechen. Ich blieb bei Jule, wenn auch etwas verunsichert. Mit meiner Freundin G. überlegten wir, wie ich Propeller den neuen Namen am besten beibringen könnte. Ich würde immer Jule rufen und ihr dann einen Bonbon geben, sagte ich. Und G. sagte, dann könne ich sie ja gleich Bonbon nennen, und so waren wir bei Bonnie. Da weder im näheren noch im weiteren Bekanntenkreis jemand eine Freundin mit dem Namen Bonnie hatte, blieb diese Wahl unwidersprochen. Nur meine Freundin N. bestand auf Propeller, das sei doch ein lustiger Name für einen Hund, aber N. hatte noch nie einen Hund und musste darum auch noch nie nach ihm rufen. Und überhaupt war der Name Propeller für einen Hund absolut unsinnig, zumal mir niemand erklären konnte, wie Propeller in einem ungarischen Tierheim zu diesem Namen gekommen war.

Nach zwei Wochen kam endlich die Nachricht, dass der Hundetransport aus Ungarn in einer Woche um 23.30 Uhr in einem Ort bei München eintreffen wird, Treffpunkt der Parkplatz vor Aldi, ein Hundegeschirr mit dreifacher Sicherung sei unbedingt zu besorgen, für Propeller die Größe M, Tabletten gegen Darmparasiten würden uns mit dem Hund ausgehändigt.

Ich sah mir wenigstens dreimal am Tag die Fotos und das Video von Propeller an, um mich davon zu überzeugen, dass ich die richtige Wahl getroffen hatte. Ich stellte mir vor, wie ich dem Hund seine neue Wohnung zeigen und ihn an die Stadt gewöhnen würde, schließlich kam er vom Land, wie ich ihm Wörter beibringen und mit ihm spielen würde.

Ich dachte an die erste Zeit mit Bruno, den ich aus dem Berliner Tierheim geholt hatte. Eines Morgens sagte ich zu meinem Ehemann: Ich fahre jetzt ins Tierheim und hole mir einen Hund. Warum? fragte er erschrocken. Weil auch ich jemanden brauche, mit dem ich reden kann, sagte ich. Und das war die Wahrheit.

Bruno und ich waren eine Liebe auf den allerersten Blick. Zweihundertdreiundvierzig Hunde beherbergte das Tierheim an diesem Tag, die meisten davon Kampfhunde, derer sich die Menschen damals gerade entledigten. Wie verzweifelte Waisenkinder drängten sich die Hunde an den Gittern und bellten um ihre Chance. Auch Brunos gelber, kurzhaariger Käfiggefährte kämpfte laut um meine Aufmerksamkeit. Hinter ihm, mitten im Käfig, stand schwarz und stumm Bruno, als hätte er jede Hoffnung auf seine Befreiung schon aufgegeben. Damals musste man noch keinen Fragebogen ausfüllen, ich nahm Bruno einfach mit. Zwei Stunden später ging ich mit ihm einkaufen und band ihn für fünf Minuten vor dem Supermarkt an. Als ich wiederkam, begrüßte er mich jaulend und springend, als wären wir schon lebenslange Freunde. Bruno war ein sogenannter Fundhund, ungefähr drei Jahre alt, der bis dahin ein Zuhause gehabt haben musste, vermutlich eine Familie mit Kindern, er liebte Kinder, konnte mit Luftballons spielen wie ein Delfin, gesellte sich spielenden Kindern ungebeten zu und war ein großartiger Torwart. Und dann hat man ihn wohl ausgesetzt, denn niemand hat nach ihm gesucht. Wahrscheinlich lag es auch an dieser Erfahrung, dass Bruno, wenn ich nach einer mehrtägigen Reise wieder nach Hause kam, so stürmisch über mich herfiel, dass ich mich nur in einen Sessel flüchten konnte, um seine Begrüßungsrituale unbeschadet zu überstehen. Er schleckte meine Ohren ab, schrie vor Freude und zerriss mir in seiner ungestümen Begeisterung zwei Kleider. So blieb es zwischen uns, bis Bruno starb.

Momo brauchte fast ein Jahr, ehe sein unsicherer, verschleierter Blick klar wurde und er sich nicht mehr wie die berühmte ägyptische Katze aufrecht sitzend gegen die Wand drückte, als müsste er seinen Gehorsam demonstrieren. Er war achtzehn Monate alt, als er zu mir kam, und ich war seine vierte Lebensstation. Als Welpe auf den Straßen von Athen, dann auf einer griechischen, danach auf der Berliner Pflegestelle. Seine Angst vor brutzelndem Fett in der Pfanne, vor spritzendem Wasser, selbst wenn ich mir nur das Wasser von den Händen schüttelte, hat er nie verloren. Und bis zum Schluss hat er trockenes Brot offenbar für eine Delikatesse gehalten. Er war ein besonders liebenswürdiger Hund, der jedem Besucher seine Stirn gegen das Knie drückte, um sich streicheln zu lassen. Und jeder, der ihn nicht gut kannte, hielt das für einen besonderen ihm zugedachten Liebesbeweis. Die meisten Menschen ließ ich in ihrem Glauben, aber manchmal, wenn es mir angemessen schien, sagte ich: Ach, das macht er bei jedem. Mit Momo hatte ich es leichter als mit Bruno. Er bellte fast nie. Ich konnte ihn allein lassen, während ich für Bruno mit seiner unheilbaren Verlustangst für jeden Kinobesuch oder Zahnarzttermin eine Betreuung finden musste, weil er sonst mit seinem gellenden Tenor das ganze Haus zusammengebellt hätte. Aber beide waren wunderbare Hunde und Gefährten.

Und nun Bonnie, die jemand zusammen mit ihren drei Geschwistern als Welpen in einer Grube im Wald gefunden und bei den Tierschützern abgeliefert hatte und die wir nun kurz vor Mitternacht auf einem Aldi-Parkplatz in der Nähe von München in Empfang nehmen sollten, was allein schon eine logistische Herausforderung war.

Noch in der Nacht zurück nach Berlin zu fahren, dazu mit einem Hund, den wir nicht kannten, erschien selbst meinem Sohn, der mich begleiten wollte, zu riskant. Ich reservierte also zwei Hotelzimmer, erkundigte mich, ob im Hotel Hunde erlaubt sind, und kaufte außer dem dreifach gesicherten Geschirr eine Hundebox, damit der Hund, falls er noch nicht stubenrein wäre, den Hotelzimmerteppich verschone. Wir kamen am späten Nachmittag in dem hübschen, aber mit Attraktionen nicht gesegneten Ort an, erkundeten vorsorglich den Aldi-Parkplatz und saßen gerade beim Abendessen in unserem Hotel, als die Transportbeauftragte des Vereins anrief und fragte, ob wir schon unterwegs seien, falls nicht, sollten wir nicht losfahren, denn der Transporter hätte eine Panne, zweihundert Kilometer hinter dem Start und fünfhundert Kilometer vor München, es sei ungewiss, ob der Schaden zu beheben sei. Eine WhatsApp-Gruppe wurde gegründet, alle paar Minuten signalisierte das Telefon eine Nachricht von den anderen besorgten Adoptanten, die allerdings alle in der näheren Umgebung wohnten und am Abendbrottisch oder auf dem Sofa beim Fernsehen abwarten konnten, ob ihr Hund noch in dieser Nacht ankommen würde oder nicht, während wir uns, je später es wurde, mit dem Gedanken abfanden, dass unsere Reise vergebens war. Alle paar Minuten signalisierte mein Telefon eine neue Nachricht der WhatsApp-Gruppe: wie weit die Reparatur sei, ob die Hunde es auch warm hätten, ob man nicht wenigstens Fotos schicken könnte. Ich brauche kein Foto von Otto, schrieb einer. Es kam, wie wir befürchtet hatten. Der Transporter konnte nicht repariert werden, irgendwie wurden die Hunde an ihren Ausgangsort zurückgebracht. Wir fuhren am nächsten Morgen wieder nach Berlin, und ich wartete weiter auf Bonnie. Aber schon ein paar Tage später rief der Verein an, man hätte für Propeller einen Platz in einem Hundetaxi gefunden, in dem ein anderer Verein zwei Hunde nach Berlin schicken würde, die Übergabe würde voraussichtlich auf einem Parkplatz bei Michendorf stattfinden, vierzig Kilometer vor Berlin, morgens gegen fünf Uhr. Ich kann im Dunkeln nicht mehr Auto fahren und musste wieder meinen Sohn um Hilfe bitten. Wir überlegten, ob wir gleich wach bleiben oder doch ein paar Stunden schlafen sollten. Die Fahrerin des Hundetaxis hatte auf dem Handy ein Live-Tracking eingerichtet, so dass wir ihren Standort und die voraussichtliche Ankunftszeit verfolgen konnten. So gegen zwei Uhr stellten wir alle Wecker und schliefen doch noch zwei Stunden.

Außer uns standen auf dem Parkplatz die Autos der beiden anderen Hundeempfänger. Es wirkte alles sehr konspirativ. Das Hundetaxi kam, die Käfige wurden ausgeladen, die beiden anderen Parteien zogen zufrieden mit ihren Hunden ab. Aber der Hund, auf den ich wartete, war nicht dabei. Nur ein ganz kleines, graues Hundewesen war übrig, das unmöglich mein Hund sein konnte, an dessen Drahtbox allerdings ein Schild mit dem Namen Propeller hing. Die Fahrerin des Hundetaxis übergab mir dieses kleine struppige Etwas, das in meinen Augen die Bezeichnung Hund nicht verdiente, ein Hündchen, nicht viel größer als ein Dackel, das aber Propeller hieß und nun zu mir gehören sollte.

Mein Sohn fuhr, ich saß hinten mit dem seltsamen Tier, das verängstigt und erschöpft unter meine Hand kroch. Auf dem Weg vom Auto ins Haus sprachen wir kaum, sahen nur ratlos auf das krummbeinige Tier, das folgsam mit uns lief. Zu Hause verglichen wir die Fotos auf Propellers Website mit dem kleinen Wesen, das vor uns stand, das Gesicht stimmte, auch die grauen Flecken im Fell waren an der richtigen Stelle. Mein Sohn holte den Zollstock, fünfunddreißig statt fünfundvierzig Zentimeter, aber dem Mädchen auf dem Video reichte der Hund bis ans untere Knie. Wahrscheinlich hat sie sehr kurze Beine, sagte mein Sohn.

Ich gab Bonnie von dem gekochten Hühnerfleisch, das ich für sie vorbereitet hatte, badete sie, obwohl der Verein in einem Brief an die Adoptanten geraten hatte, das im Sinne vertrauensbildender Maßnahmen zwischen Hund und Mensch am ersten Tag zu unterlassen. Aber meine Hoffnung, ein Bad würde Bonnies Fell und damit den ganzen Hund ein bisschen verschönen, erfüllte sich nicht. Und dann lag Bonnie plötzlich in einer Ecke meines schwarzen Ledersofas. Ich setzte mich daneben und streichelte sie. So verbrachten wir, bis auf die Unterbrechungen durch kurze Spaziergänge, die nächsten drei Tage. Auf ihrem Bauch war die Narbe von der Kastration noch nicht wieder vom Fell verdeckt. Später fand der Tierarzt noch Reste von Fäden in der Narbe. Der Hund war erschöpft und hatte in meiner Sofaecke offenbar das Paradies gefunden. Den eigentlichen Sinn der Spaziergänge hatte Bonnie noch nicht verstanden. Sie hielt die Fliesen in der Küche für den angemessenen Ort, ihre Notdurft jeder Art zu verrichten.

Ich verschickte Fotos von Bonnie, meistens Porträts, sie hat ein sehr rührendes und hübsches Gesicht. Das schrieben mir auch die engen Freunde, denen ich Ganzkörperfotos zumutete. Aber ein süßes Gesicht hat sie, schrieben sie oder Ähnliches. Drei Tage saß ich neben Bonnie und streichelte sie, während meine Enttäuschung sich allmählich zur Verzweiflung steigerte. Am schlimmsten waren die Spaziergänge, wenn ich den Hund gleichzeitig von hinten und von oben sah. Ein überdimensionaler Brustkorb, aus dem übergangslos der hübsche, aber viel zu kleine Kopf wuchs, über den kurzen, krummen Hinterbeinen wölbten sich zwei kamelhöckerähnliche Hüftpolster, alles überwuchert von einem grauschwarzen, stumpfen Fell. Ich sah den athletischen, hochbeinigen, glänzenden Momo vor mir mit seinem schönen, großen Kopf und dem Irokesenbüschel darauf, ein Rudiment von der Stirnlocke des Korthals-Griffons, der an seiner Zeugung beteiligt gewesen sein soll, und plötzlich, mitten auf der

Straße, fing ich an zu weinen. Dieses kleine, unschöne Tier sollte nun mein letzter Hund sein, mit dem ich schicksalhaft bis zum Tod verbunden bleiben sollte. Nein, nein.

Dem Verein hatte ich schon geschrieben, dass der von mir ausgewählte Hund zehn Zentimeter größer war als der, den ich bekommen habe, und dass ich nie im Leben einen kleinen Hund haben wollte, ihn trotzdem nicht zurückschicken würde, aber meine Enttäuschung trotzdem mitteilen wolle. Der Verein hatte sich auch glaubhaft entschuldigt und angeboten, den Hund, falls ich es mir noch überlegte, jederzeit zurückzunehmen. Nach diesem Spaziergang, bei dem ich angesichts des vor mir trippelnden Hundes weinen musste, griff ich entschlossen zum Telefon und teilte dem Verein mit, ich wolle den Hund nun doch nicht behalten, man solle mich zur Pflegestelle zurückstufen, der Hund könne bei mir bleiben, bis sich jemand fände, der ihn adoptieren würde, vielleicht hätte ich sogar schon jemanden.

Denn eine Freundin – ich nenne sie wegen der Persönlichkeitsrechte Y – sprach seit einiger Zeit davon, dass sie sich einen kleinen Hund anschaffen wolle. Ich und auch andere waren allerdings der Meinung, dass eine Katze eher zu ihr passt und Y, die oft reiste oder ganze Tage in Bibliotheken verbrachte, keine Ahnung davon hat, wie ein Hund, egal ob groß oder klein, ihr Leben verändern würde. Trotzdem schickte ich ihr ein Porträtfoto von Bonnie, auf dem sie besonders hübsch und klug aussah, und Y schrieb sofort zurück: Die sieht aber nett aus. Würde ich sofort nehmen, worauf ich antwortete: Du kannst sie haben.

Allen Freunden, auch allen Menschen auf der Straße, die mich ansprachen, weil sie sahen, dass ich einen neuen Hund hatte, sagte ich: Der bleibt nicht, den habe ich nur zur Pflege. Auch dem Tierarzt, der schon Bruno und Momo kannte, sagte ich, dass ich Bonnie nicht behalten würde. Ich weiß nicht, was er darüber dachte, er hatte früher einen Rauhaardackel und sagte, mit Sicherheit stecke in Bonnie zu einem Teil ein Rauhaardackel und außerdem irgendein großer Hund, schon wegen des Brustkorbs. Auf jeden Fall aber sei Bonnie zu dick. Sie wog 11,8 Kilo, und zehn Kilo hielt er für angemessen.

Ich saß weiter mit Bonnie auf dem Sofa und strich fast mechanisch über ihr raues Fell. Seit ich wusste, dass ich sie nicht behalten musste, nahm ich ihr nicht mehr übel, dass sie so klein war, keinen Hals hatte, krumme Hinterbeine und diese Höcker auf den Hüften. Sie tat mir leid, vor allem, weil ich sie nicht behalten wollte, obwohl sie in der Ecke meines schwarzen Ledersofas ihr Paradies gefunden hatte.

Die Freundin Y kam am nächsten Tag. Ich setzte Bonnie neben mich in die offene Tür, da Y als Erstes ihr Gesicht sehen sollte. Aber dann drehte Bonnie sich um, und Y sagte: Die hat aber krumme Beine. Ich pries eindringlich Bonnies Vorzüge, die alle der Wahrheit entsprachen: Sie hat ein liebenswürdiges Wesen, bellt nicht, wenn ich aus der Wohnung gehe, zerstört nichts, geht ordentlich an der Leine, verträgt sich mit anderen Hunden, verhält sich still im Auto – ein perfekter Hund für Anfänger, sagte ich.

Y musterte den Hund, der in seiner Sofaecke schlief, sagte etwas über Bonnies süßes Gesicht und lächelte hilflos. Am Abend schrieb sie mir eine Mail: Sie müsse erst überlegen, was so ein Hund koste und wie er sich in ihren Jahresplan einfügen ließe. Sie würde gern ein paarmal mit uns spazieren gehen und abwarten, ob er positiv auf sie reagiere. Sie könne sich doch keinen Hund anschaffen, den sie nicht kenne und der sie überhaupt nicht wahrnehme.

Ich schrieb zurück: Liebe Y, schaff dir einen Fisch an.

Sie hatte Bonnie nicht gestreichelt, nicht angesprochen, ihr keinen Keks gegeben, nicht gesehen, wie erschöpft und verunsichert sie war, wollte aber selbst »positiv wahrgenommen« werden. Das konnte man auch einer Katze oder einem Kanarienvogel nicht zumuten. Vielleicht nicht einmal einem Fisch, aber von Fischen verstehe ich nichts.

Wir saßen auf dem Sofa, ich streichelte Bonnie, die sich zufrieden rekelte und mir vertrauensvoll ihren vernarbten Bauch entgegenstreckte. Ich fühlte mich schlecht. Neben mir lag dieser liebenswürdige Hund, der alles richtig machte, nicht bellte, wenn ich ihn allein ließ, nichts zerstörte, still im Auto saß, sich mit jedem anderen Hund vertrug, der mir aber zu klein war, zu krummbeinig und halslos, und den ich darum aus seinem gerade gefundenen Glück wieder vertreiben wollte.

Trotzdem suchte ich nach einem anderen Hund, natürlich bei demselben Verein, der mich ja unwiderruflich als hundewürdig befunden hatte und außerdem bemüht sein würde, seinen Fehler wiedergutzumachen. Ich fand eine hübsche Hündin, die Momo sehr ähnlich war und auf dem Video fröhlich bellend umhersprang. Nur ihre Verträglichkeit mit Artgenossen war noch nicht geklärt. Bonnie schlief arglos neben mir, und ich kam mir vor wie eine Verräterin, die ich ja auch war. Eigentlich war ich nicht besser als Y, vielleicht sogar schlimmer, weil ich wusste, was ich dem Hund antat, während Y einfach nur ahnungslos war.

Was am Ende den Ausschlag für meine Entscheidung gab, kann ich nicht sagen. Sicher mein schlechtes Gewissen und dass ich nicht so kaltherzig sein wollte wie Y; oder die Vorstellung, die hübsche Hündin, die Momo so ähnlich sah, könnte vielleicht auch in der Wohnung so hemmungslos bellen wie in dem Video und sich auch in Zukunft mit Artgenossen nicht vertragen, so dass wir jedem Hund aus dem Weg gehen müssten; oder der Gedanke, dass schließlich doch die Vier in meinem Geburtsdatum stimmte und nicht die Fünf und ich in wenigen Jahren vielleicht froh sein würde über so einen kleinen Hund. Und natürlich hatte Bonnie in den fünf Tagen, die ich sie gefüttert, gebadet und gebürstet hatte, mit ihr spazieren gegangen war und sie auf meinem Bett geschlafen hatte, einen kleinen Anker in mein Herz geworfen. Vor allem aber lag es wohl an meiner wiedereroberten Freiheit. Ich musste diesen Hund, der nur durch einen Irrtum in mein Leben geraten war, nicht behalten. Ich könnte mir einen größeren, hübscheren Hund aussuchen, über den ich nicht weinen musste, wenn ich mit ihm spazieren ging. Und wenn ein kleiner, krummbeiniger Hund schon mein Schicksal sein sollte, wollte ich es wenigstens selbst gewählt haben. Jedenfalls rief ich wieder bei dem Verein an und sagte, dass Propeller, die nun Bonnie hieß, doch bei mir bleiben kann.

Das dreifach gesicherte Geschirr der Größe M, das ihr viel zu groß war, schickte ich dem Verein, dazu noch zwei Hunter-Geschirre von Momo. Für Bonnie hatte ich schon ein sehr hübsches, zartes Geschirr gekauft, das mit einem kleinen rot-weiß-grünen Etikett seine italienische Herkunft signalisierte, ein Designergeschirr sozusagen. In dem schönen, verkramten Hundeladen war ich mit meiner Freundin S., einer großen Hundeliebhaberin, die selbst keinen Hund haben wollte, jedenfalls nicht in der Stadt, dafür aber immer wieder die Hunde anderer Leute hütete und mir schon bei Bruno und Momo eine unverzichtbare Hilfe war. S. war die Einzige, die Bonnie vom ersten Tag an verteidigt hatte, die sie zuckersüß fand und ganz besonders. Und als ich befürchtete, dass mir niemand diesen Hund wieder abnehmen würde, schwor sie, dass jeder, der sich einen kleinen Hund wünschte, Bonnie sofort nehmen würde, eben weil sie so zuckersüß und besonders war. Mit S. ging ich zum zweiten Mal in den Hundeladen, um nun, da Bonnie ja bei mir bleiben würde, eine neue Leine für sie zu kaufen. Bis dahin hatte ich sie an Momos Leine ausgeführt, die ziemlich abgewetzt und für Bonnie auch zu schwer war. Wir entschieden uns für eine schwarz-rote Lederleine, die gut zu dem italienischen Geschirr passte. Schließlich war Bonnie ein Mädchen, und wenn sie selbst schon nicht so hübsch war, sollte sie wenigstens gut ausgestattet sein. Die Leine kostete fünfundsiebzig Euro. Der Besitzer des Hundeladens, dem wir beim ersten Besuch schon erzählt hatten, dass ich den Hund nicht behalten würde, sah mich ob dieser Investition verwundert an und S. sagte: Sie behält ihn nun doch. Auf dem Gesicht des Mannes breitete sich ein wohlwollendes Lächeln aus. So ähnlich lächelten fast alle Menschen, denen ich erzählt hatte, dass Bonnie nur ein Übergangshund sei, und denen ich nun verkündete, dass sie doch mein Hund bleiben würde: der Tierarzt, die Hundebesitzer in unserer Gegend, die Bewohner meines Hauses, alle schienen erleichtert zu sein, dass ich doch die Hundefreundin war, für die sie mich immer gehalten hatten, und nicht die herzlose Person, die einen armen Hund, nur weil er zu klein und ein bisschen krummbeinig war, in ein ungewisses Schicksal verstieß. Und die nette Frau mit dem italienischen Akzent, die jeden Tag auf dem Bayerischen Platz ihrem Hund unermüdlich Bälle warf, weil der sonst zu faul war zum Laufen, sagte: Sie werden sehen, wenn er lange bei Ihnen bleibt, wird er immer hübscher. Ich war nicht sicher, ob sie meinte, Bonnie würde unter meiner Obhut wirklich hübscher werden oder sie würde mir mit der Zeit und wachsender Liebe immer hübscher erscheinen. Aber so oder so würde sie wohl recht behalten, dachte ich.

Meine Freundin S., Bonnies überzeugteste Fürsprecherin, wohnt in einem Haus mit einem riesengroßen Hinterhof, in dem auch die Hunde der Anwohner frei laufen dürfen. Als Bonnie zum ersten Mal in den Sand statt auf die Fliesen in meiner Küche pinkelte, lobten wir sie mit hohen Stimmen und all diesen albernen Worten, die für die Hundeerziehung so üblich sind: Fein Bonnie, ja, so ist richtig, toll, Bonnie. Bonnie lernte schnell, nur wohin sie mit dem Haufen sollte, wusste sie nicht und behielt ihn darum vier Tage für sich. Der Tierarzt half mit einem Einlauf, nach dem Bonnie es gerade bis zum fünften Baum neben der Praxis schaffte und dann auch dieses Kapitel gelernt hatte.

In den ersten Wochen ernährte ich den Hund nur mit magerem Hühnerfleisch und Mohrrüben und kaufte ein Gerät, mit dem man die überflüssigen Haare aus dem Fell kämmt. Beim ersten Mal türmte sich neben mir ein Berg, mit dem man ein kleines Kissen hätte ausstopfen können. Einmal in der Woche fuhren wir zum Tierarzt, um Bonnie zu wiegen. Nach drei, vielleicht auch vier Wochen hatte sie ein Kilo, also fast ein Zehntel ihres Körpergewichts, abgenommen (ich rechnete aus, was das für mich bedeuten würde). Die Höcker auf den Hüften schrumpften, und zwischen dem Rumpf und dem kleinen Kopf deutete sich langsam ein Hals an.

Eines Morgens traf ich eine junge Frau, deren schönen Hund ich schon immer bewundert hatte. Sie fragte nach Momo. Ich erklärte, warum und wie ich zu dieser Momo sehr unähnlichen Nachfolgerin gekommen war. Ach, es gebe schöne und niedliche Hunde, sagte sie mit einem milden Blick auf Bonnie, und dieser Hund sei sehr niedlich. Ja, Bonnie war niedlich. Niedlich, rührend und ängstlich. Aber ich wollte einen richtigen Hund. Ich hatte mein Schicksal zwar angenommen, aber mit ihm versöhnt war ich nicht.

Nur dass Bonnie so schnell lernte, war ein Trost. Außer dem italienischen Geschirr und der Lederleine für fünfundsiebzig Euro hatte ich in dem Hundeladen auch ein Intelligenzspiel der Schwierigkeitsstufe zwei gekauft. Nach der zweiten Spielsitzung von jeweils zehn Minuten waren wir damit durch, und das Spiel landete wieder im Karton. Dann versuchte ich es mit einer Übung, die Momo beim dritten oder vierten Mal beherrschte und wofür er von einer Hundetrainerin schon sehr gelobt wurde. Bonnie musste sich in eine Ecke des Zimmers setzen, ich ging in die entfernteste andere, zwischen uns hatte ich ein Stück Wurst gelegt. Bonnie musste auf Zuruf zu mir kommen, ohne die Wurst zu nehmen. Als sie nach der Wurst schnappte, rief ich: Nein. Das war zwar zu spät, aber beim zweiten Mal lief sie an der Wurst vorbei zu mir. Die Wurst gab es dann zur Belohnung.

Intelligenz begeistert mich immer. Da ich außer der Diät und Fellpflege an Bonnies Erscheinungsbild ohnehin nichts ändern konnte, konzentrierte ich mich auf ihre Erziehung. Bis dahin hatte ich immer behauptet, ich könnte mit Hunden zwar wunderbar leben, aber ich sei unfähig, sie zu erziehen, was zur Folge hatte, dass Bruno nicht allein bleiben konnte und Momo, nachdem er von mehreren Hunden im Grunewald angegriffen worden war, andere Rüden hasste. Trotz einiger Konsultationen bei Hundetrainern habe ich daran nichts ändern können. Für Bonnie aber schienen meine unzulänglichen pädagogischen Fähigkeiten auszureichen. Sie blieb tatsächlich am Straßenrand stehen, wenn ich Halt sagte, wartete, wenn ich »warten« sagte und lief los bei: Lauf! Nach vier Wochen verzichtete ich in ruhigen Straßen auf die Leine. Ich musste auch nicht mehr bei jedem entgegenkommenden Hund, den ich nicht kannte, rufen: Junge oder Mädchen?, um im Fall der unerwünschten Antwort sofort die Straßenseite zu wechseln. Das Leben mit Bonnie schien leicht zu werden, so leicht, dass ich befürchtete, es könnte auch langweilig werden. Vielleicht war sie gar nicht so klug, wie ich glaubte, sondern nur gehorsamer als Bruno und Momo, weil Bonnie eben eine Hündin war und Bruno und Momo waren Rüden, stattliche, ritterliche Rüden. Aber schließlich hatte ich mich für eine Hündin entschieden, weil alle, auch mein Tierarzt, mir versichert hatten, das Leben mit einer Hündin sei leichter als mit einem Rüden. Und was heißt das für das Zusammenleben mit einem Hund anderes, als dass er gehorsamer war? Immerhin war die Diskussion über das biologische und das konstruierte soziale Geschlecht von Menschen sogar bis in die Hunderatgeber gedrungen, und hinter der behaupteten Andersartigkeit weiblicher Hunde witterten feministische Hundeliebhaberinnen sofort die Diskriminierung weiblicher Menschen. Andere meinten, Hündinnen seien aufmerksamer und darum gelehriger, weil sie außer in den Wochen der Läufigkeit nicht durch sexuelle Begierden abgelenkt seien wie die Rüden, aber auch weniger kämpferisch, weil sie nicht mit anderen Rüden konkurrieren mussten. Und aus dem großartigen Buch über Hunde und Menschen von Marjorie Garber, das einen intelligenteren Titel verdient hätte als »Die Liebe zum Hund«, erfuhr ich, warum die Colliehündin Lassie in der berühmten Fernsehserie immer nur von Rüden gespielt wurde. Nicht nur, dass die Rüden größer waren und darum einen heroischeren Eindruck machten, sondern weil sich bei den Probeaufnahmen herausgestellt hatte, dass der Rüde charismatischer wirkte als seine weiblichen Mitbewerber.

Ich haderte mit mir. Wenn es schon ein kleinerer Hund sein sollte, hat es auch gleich eine Hündin sein müssen? Hätte nicht der halbe Kompromiss gereicht? Aber hatte ich nicht auch Momo im ersten Jahr für langweiliger gehalten als Bruno? Das klingt wahrscheinlich alles ziemlich herzlos, aber so war es gar nicht. Ich hatte Bonnie gern, und wäre sie nicht mein Hund gewesen, sondern der von Freunden, hätte ich sie sicher ganz entzückend gefunden. Ich glaube, dass ich Bonnie in Wahrheit übelnahm, dass ich schon so alt war, weil ihr Anblick mich immerzu daran erinnerte, dass ich nur mit Rücksicht auf meine zu erwartende Altersschwäche nicht wieder nach einem Rüden von mindestens dreiundfünfzig Zentimeter Schulterhöhe gesucht hatte. Aber irgendwann, tröstete ich mich, werde ich vergessen haben, wie es war, mit Momo durch die Straßen zu ziehen. Wir brauchten nur Zeit, Bonnie und ich.

Meinen ersten Liebesmoment mit Bonnie verdankte ich einem Zufall. Eines Morgens war Bonnie vor der üblichen Zeit verdächtig unruhig, so dass ich statt um zehn Uhr schon um acht zum morgendlichen Spaziergang aufbrach. Wir gingen den üblichen Weg zum Bayerischen Platz und stießen da auf eine Versammlung von wenigstens acht kleinen Hunden und ihren Besitzern oder umgekehrt von acht Menschen mit ihren kleinen Hunden, einige davon sogar kleiner als Bonnie. Bonnie, die sowohl im Umgang mit Menschen als auch mit Hunden sehr vorsichtig ist, blieb stehen, während ich mich langsam auf die Menschen zubewegte, um einen Guten Morgen zu wünschen. Zwei kleine gelbe Hunde rannten wie ein Empfangskommando auf Bonnie zu, die wie erstarrt abwartete, bis die beiden dicht vor ihr waren, um dann loszurasen und sich in wilden Pirouetten sechs- oder siebenmal um sich selbst zu drehen und dabei artistisch die Richtung zu wechseln, so dass die kleinen Gelben hoffnungslos hinter ihr herjagten. Noch nie hatte ich gesehen, dass ein Hund freiwillig und ohne Dressur ein solches Kunststück vollbrachte. Das Spiel wiederholte sich mit den anderen Hunden, deren Besitzer Bonnies Volten lachend bestaunten, und einer von ihnen sagte: Die passt zu uns, Sie können öfter kommen, Montag bis Freitag von halb acht bis halb neun. Ich zog mein Handy aus der Tasche und filmte die letzte Szene von Bonnies grandiosem Auftritt. Ein Freund, dem ich das Video schickte, schrieb später: Dafür müssten die Tänzer des Bolschoi-Balletts jahrelang trainieren. Ich war glücklich, dass sich in diesem kleinen niedlichen, rührenden und ängstlichen Hund ein Temperament verbarg, von dem ich bis zu diesem Moment nichts geahnt hatte. Und ich verstand endlich, warum Bonnie eigentlich Propeller hieß und dass sie diesen Namen unbedingt behalten musste, obwohl das ein unmöglicher Name war für einen Hund. So kam Bonnie zu ihrem Doppelnamen: Bonnie Propeller.

Ich hoffte auf den Sommer. Seit vierzig Jahren verbringe ich die wärmeren Monate in meinem Haus in Vorpommern, dicht an der polnischen Grenze, wo die Felder weit sind und der Himmel groß, wo wenige Menschen leben und in meinem kleinen Ort die allerwenigsten. Vierzehn Häuser gibt es an einer einzigen Straße, die darum denselben Namen hat wie der ganze Ort. Die vier ansässigen Hunde leben in Zwingern oder wenigstens hinter Zäunen. Hier, in einer ungeahnten Freiheit, glaubte ich, würde Bonnie der Hund werden, der sie wirklich war.

Im März fuhren wir zum ersten Mal aufs Land, nur für ein paar Tage, die Winterschäden besichtigen, die Nachbarn nach den Wintermonaten begrüßen und den neuen kleinen Hund vorstellen. Mitten in diese Tage fiel der Corona-Lockdown und die Verordnung von Mecklenburg-Vorpommern, dass alle Besitzer von Zweitwohnungen das Land sofort zu verlassen hätten. Nur wer selbstständig war und in Mecklenburg-Vorpommern arbeiten musste, war von dieser Maßnahme ausgenommen. Ich fühlte mich berechtigt zu bleiben, was einige Kämpfe mit sich brachte, die ich hier nicht näher beschreiben will, die aber letztlich zum Erfolg führten. Allerdings musste ich mich entscheiden: Berlin oder Land, denn wäre ich einmal abgereist, hätte ich nicht zurückkommen dürfen. Ich entschied mich für die ländliche Freiheit. Und so verbrachten Bonnie und ich sechs Wochen in inniger Corona-Einsamkeit, ehe wir wieder nach Berlin fahren und vier Wochen später auch wieder Besucher empfangen durften.

Als ich für Bonnie zum ersten Mal die Gartentür öffnete, blieb sie eine Weile stehen, als wollte sie die Fläche ausmessen, und raste dann erst einmal zwei große Runden um die Wiese. Im Haus hielt sie es wie in der Berliner Wohnung, sie besetzte Sofas und Betten. Mein Bett bevorzugte sie allerdings nur am Tag, mit mir teilen wollte sie es nicht. Dann zog sie um auf das rote Sofa im Nebenzimmer, auf dem ich für gewöhnlich sitze, wenn ich fernsehe oder auch in einer Netflix-Serie versinke. Das rote Sofa teilt sie mit mir, aber nicht gern. Ich sitze auf der rechten Hälfte, Bonnie liegt auf der linken. Sobald ich aufstehe, um irgendetwas zu holen, zieht sie um auf meine Seite. Obwohl ich sie jedes Mal auf ihren Platz zurückschiebe, hat sich bis heute daran nichts geändert. Aber sobald ich es wage, auch nur ein Bein auf ihre Hälfte zu legen, gibt sie das Sofa ganz auf und legt sich auf den Boden oder in mein Bett. Was das alles bedeutet, weiß ich nicht, denn eigentlich ist Bonnie nicht widerspenstig. Vor allem versteht sie meistens genau, was ich von ihr will.

Das rote Sofa und mein Bett stehen in der oberen Etage, unten sind die Küche, ein kleines Esszimmer und die Gästezimmer, ein großes mit einem breiten Bett und ein kleines mit einem schmalen Bett. Obwohl die Tür immer offen steht, hat sich Bonnie für das kleine Zimmer noch nie interessiert, nur für das große mit dem breiten Bett. Zuerst lag sie darauf nur still und prüfte, ob es erlaubt war. Nach ein paar Tagen hörte ich seltsame raschelnde und scharrende Geräusche aus diesem Raum. Bonnie arbeitete. Sie hatte die Tagesdecke zur Seite gezerrt, die für Menschen gedachten Kopfkissen in die Mitte des Bettes geschafft und daraus mit den Kissen, die gewöhnlich über der Decke lagen, ein Nest gebaut, was für so einen kleinen Hund eine erhebliche Anstrengung bedeutete. Weil ich Bonnie sowohl für die Idee als auch für die Leistung bewunderte, lachte ich nur und brachte das Bett wieder in Ordnung. Aber Bonnies Vorstellung von Ordnung war eine andere, sie wollte ein Nest. Ich lachte noch beim zweiten und dritten Mal, beim vierten Mal sagte ich streng: Bonnie, nein. Ein einziges Nein, und Bonnie ließ für den Rest des Tages das Bettzeug und die Kissen unangetastet. Aber am nächsten Tag hörte ich wieder diese scharrenden und schleifenden Geräusche aus dem Zimmer und dachte, dass ich Bonnies Verständigkeit wohl doch überschätzt hatte. Aber Bonnie saß zufrieden auf dem unversehrten Bett mit zwei Kissen, die sie vom kleinen Sofa aus dem Esszimmer rangeschleppt hatte, eins davon war größer als sie selbst. Die verbotenen Kissen hat sie nie wieder angerührt und auch das Bett nie wieder verwüstet. Seitdem behaupte ich, Bonnie sei hochbegabt.

Obwohl uns das Corona-Regime noch enger aneinander band, als die ländliche Einsamkeit es ohnehin mit sich brachte, blieb mir an Bonnie manches rätselhaft, was auch an ihrer defizitären mimischen Kommunikation lag. Immer lag der gleiche kluge, aufmerksame und stoische Ausdruck auf ihrem kleinen Gesicht. In Brunos und Momos Gesichtern konnte ich immer deutlich lesen, ob sie glücklich, traurig, empört oder gerade übermütig waren. Wenn Momo meinte, es sei Essenszeit, stand er in der Tür zu meinem Arbeitszimmer und sah mich mit glühenden Augen an, was hieß: Los, steh endlich auf! Wenn er auf dem Land über die Felder lief, sah es aus, als würde er lachen. Und Bruno war überhaupt ein Genie der Kommunikation. In Bonnies Gesicht konnte ich nichts lesen. Nur wenn ich das Haus verließ und sie zurückbleiben musste, ließ sie die Ohren hängen und guckte traurig, sonst nichts. Wenn sie Hunger hatte, stellte sie sich vor ihren Fressnapf und blieb da schafsähnlich stehen, bis ich sie bemerkte. Aber sie sprach nicht mit mir. Wahrscheinlich war sie es einfach nicht gewohnt, mit Menschen zu sprechen.

Ihr ganzes kurzes Leben hatte sie im Tierheim verbracht, und auch wenn es ein Heim von Tierschützern war, kann es ihr nicht immer gut gegangen sein. Sie hatte Angst vor Männern und Kindern, war schreckhaft, wenn man laut mit ihr sprach oder eine heftige Bewegung in ihre Richtung machte, und lief weg, wenn ich ihr das kleine italienische Geschirr anlegen wollte.

Es dauerte ungefähr zwei Monate, ehe Bonnie meine Wege im Garten begleitete wie Bruno und Momo. Wahrscheinlich erinnerte ich mich, wenn ich an Bonnies Vorgänger dachte, eher an die Jahre, in denen wir schon Verschworene waren und jede Regung des anderen zu deuten wussten. Das war natürlich ungerecht, und trotzdem glomm in mir die Befürchtung, Bonnie könnte vielleicht nie ein Freund wie Bruno und Momo werden und ich würde mit ihr nie am Abend das Gefühl haben, ich hätte mich den ganzen Tag über gut unterhalten, obwohl ich nicht einen einzigen Menschen gesehen hatte.

Bonnie war nicht nur klein und kein Rüde, sondern sie war auch zu einem Teil ein Dackel, was manche Besonderheit an ihr erklären könnte.

Wenn ich sie rief und nicht gerade etwas Verlockendes in der Hand hielt, schien sie oft erst eine Weile nachzudenken, ob sie dem Ruf folgen sollte oder nicht.

Anfangs dachte ich, sie sei vielleicht schwerhörig, wogegen sprach, dass sie bei einem verheißungsvollen Knistern in der Küche sogar aus dem oberen Stockwerk über die steile Treppe gehoppelt kam. Oder sie ließ mich lange nach ihr suchen und rufen, obwohl sie ganz in meiner Nähe hinter einem Strauch oder Baum lag, wo ich diesen kleinen schwarzgrauen Hund, der in jedem Schatten verschwand, einfach nicht sah. Wahrscheinlich hielt sie es für unnötig, sich zu melden, weil sie ja da war und mein Rufen darum vollkommen sinnlos.

Und dann passierte die Geschichte mit meinem Nachbarn Jörg, der alle Vögel kennt, die in unserer Gegend leben, ihre Gewohnheiten, Nistplätze und Gesänge, der überhaupt ein tierliebender, besonders aber hundeliebender Mensch ist. Früher hatte er selbst zwei Hunde, Tommy und Charlie, zwei Jack-Russell-Terrier. Charlie, die Hündin, war eines Tages verschwunden und wurde weder lebendig noch tot gefunden, so dass Jörg heute noch trauert, wenn er davon erzählt. Kurz darauf starb Tommy, wahrscheinlich an gebrochenem Herzen, sagt Jörg. Er freue sich auf meinen neuen Hund, hat er geschrieben, nachdem ich ihm schon aus Berlin ein Foto geschickt hatte. Und als ich ihm Bonnie leibhaftig vorstellte und sie ängstlich wie vor jedem Mann zurückwich, hockte er sich hin und sprach leise auf sie ein, bis sie auf ihn zukam und sich streicheln ließ. Und dann hat sich Bonnie in Jörg verliebt, anders lässt es sich nicht sagen. Wenn sie ihn sah, schrie sie vor Freude auf und kroch ihm bäuchlings entgegen, sie wimmerte vor Glück und Ergebenheit. Und obwohl ich mich aufrichtig freute, wenn ich Bonnie und Jörg in ihrem gegenseitigen Entzücken zusah, dachte ich manchmal, ich hätte mich doch für einen Rüden entscheiden sollen. Natürlich liebte sie mich auch. Bei unseren täglichen Spaziergängen am See wartete sie nach jeder Biegung des Weges, ob ich ihr auch folgte. Auch sonst sah sie sich oft nach mir um, als fürchtete sie, ich könnte ihr verloren gehen. Schließlich war ich die Garantie für ihr Wohlleben, für die Nahrung, das rote Sofa und das breite Bett in dem großen Gästezimmer. Und warum sollte sie mich auch so stürmisch begrüßen? Mich hatte sie ja jeden Tag, von morgens bis abends und vom Abend bis zum nächsten Morgen. Nie waren wir getrennt, außer in der halben Stunde an den wenigen Tagen, wenn es zu heiß war, um sie im Auto warten zu lassen, während ich im Supermarkt einkaufte. Wenn ich zurückkam, stand Bonnie nicht hinter der Tür, um mich zu begrüßen, sondern lag auf dem Bett und bekundete nur mit einem leichten Schwanzwedeln ihre Zufriedenheit. Momo hätte aufgeregt hinter der Tür gestanden, und Bruno hätte mich leidenschaftlich begrüßt, egal ob ich von einer Dreitagereise oder nur vom Briefkasten zurückgekommen wäre. Bonnie war anders, vielleicht weil sie ein halber Dackel war oder eben kein Rüde.

Als ich mit Jörg einmal über meine erzieherischen Ambitionen sprach und erklärte, wie ich Bonnie in ihren eher mutigen und wilden Eigenschaften bestärken wolle, sagte er nach kurzem Nachdenken: Ah, ich verstehe, Bonnie, die Rüdin.

An ihrer überschäumenden Freude, wenn sie Jörg begegnete, änderte sich nichts. Aber eines Tages, Wochen später, erweiterte sie ihr Ritual. Nachdem sie Jörg ausgiebig begrüßt und übermütig an seine Beine gesprungen war, rannte sie zu mir und sprang an mir hoch, so weit sie kam, als wollte sie ihre Freude mit mir teilen. Das war Ende Juli, und Bonnie war genau seit einem halben Jahr bei mir. Zur gleichen Zeit fiel mir auf, dass sich ihr Verhalten gegenüber anderen Menschen veränderte. Freunde, die mich besuchten und vor denen sie beim letzten Mal noch ängstlich zurückgewichen war, empfing sie fröhlich und wedelnd, lief ihnen sogar nach, so dass sie ganz gerührt waren. Offenbar begann Bonnie, dem Frieden um sie herum allmählich zu trauen. Inzwischen hielt sie auch nicht mehr ihren Fressnapf für zuständig, wenn sie Hunger hatte, sondern mich. Sie kam zu mir, gab fiepsende Laute von sich und lockte mich aufgeregt hüpfend in die Küche. Es kam auch immer öfter vor, dass sie, wenn ich arbeitete, unter meinem Tisch lag wie Bruno und Momo.

Ich wusste, dass es weder für den Hund noch für mich gut war, Bonnie mit ihren Vorgängern zu vergleichen. Trotzdem schoben sich immer wieder alte Bilder und Gewohnheiten zwischen Bonnie und mich. Dabei gab es mit Bonnie Vergnügungen von ganz eigener Art. Ich wollte ihr beibringen, auf Zuruf zurückzukommen, das bedeutet, ich rief sie, und wenn sie kam, wurde sie belohnt. Daraus machte Bonnie ihr eigenes Spiel. Sie raste los und wartete, dass ich sie rief. Meistens blieb sie dann schon nach zehn Metern stehen und sah mich erwartungsvoll an. Oder sie sollte lernen, bei Fuß zu gehen. Ich hielt also einen Hundekeks sichtbar in der rechten Hand, sagte fortwährend: Fuß, Bonnie, und warf nach einer Weile den Keks weit auf den Weg und rief: Lauf! Das übten wir immer erst auf dem Rückweg vom Spaziergang, wenn sie sich schon ausgetobt hatte. Nach dem zweiten Mal lief Bonnie, sobald wir den Heimweg einschlugen, ohne Aufforderung rechts neben mir mit starrem Blick auf meine rechte Hand und wartete darauf, dass das Spiel endlich begann. Wenn ich damit zu lange wartete, hüpfte sie aufgeregt oder animierte mich sogar mit ihrem Propellerkunststück.

Inzwischen hatte Bonnies äußere Erscheinung auch das ihr mögliche Ideal erreicht. Sie hatte eine deutliche Taille, einen Hals, an dem der Kopf zwar immer noch klein, aber doch normal wirkte, ihr Fell blieb rau, aber wucherte nicht mehr wild. Die Prophezeiung der Frau mit dem italienischen Akzent und dem Hund, der nur laufen wollte, wenn man ihm einen Ball warf, hatte sich erfüllt. Bonnie war hübscher geworden, entweder nur in meinen Augen oder wirklich. Es kam mir sogar so vor, als wäre sie gewachsen, was eigentlich angesichts ihres Alters kaum möglich war. Weil ich befürchtete, mein Wunsch könnte das Messergebnis beeinflussen, bat ich Jörg, Bonnie unvoreingenommen auszumessen. Er maß achtunddreißig Zentimeter, was uns so unwahrscheinlich vorkam, dass Jörgs Frau Sandra, die Bauzeichnerin und darum millimetergenau zu messen gewöhnt ist, noch einmal den Zollstock an Bonnie legte. Auch Sandra kam auf achtunddreißig Zentimeter. Bonnie war also drei, auf jeden Fall zwei Zentimeter gewachsen, denn es war möglich, dass mein Sohn und ich in unserer Enttäuschung über Bonnies Kleinheit ein bisschen knapp gemessen hatten, schon um die beeindruckenden zehn fehlenden Zentimeter zu reklamieren. Wie auch immer, jetzt fehlten jedenfalls nur noch sieben.

Im Sommer schaffte sich unser Nachbar Andy zwei Jagdpinscher an. Eigentlich wollte er nur einen Hund aus dem Tierheim holen, aber die beiden waren Geschwister, drei Monate alt, und er sollte entscheiden, welchen er mitnimmt und welchen er dalässt. Er nahm beide. Eines Tages kam ich mit Bonnie gerade vom See, als Andy mit seinen Jagdpinschern, neben denen Bonnie aussah wie ein stattlicher Hund, auf dem Weg dahin war. Wir sprachen miteinander, während die Pinscher sich gemeinsam über Bonnie empörten, die stumm und unbewegt die beiden betrachtete. In der Hoffnung, die Pinscher würden sich beruhigen, ließ Andy sie von der Leine, aber die beiden schimpften unbeirrt weiter. Bonnie stand statuengleich mit der ihr eigenen stoischen Miene, bis sie plötzlich lossprang, den größeren der beiden packte, umwarf und sich über ihn stellte, was wohl heißen sollte: Jetzt reicht es aber. Es floss kein Blut. Andy meinte, das sei vollkommen in Ordnung, das müssten die beiden lernen. Und ich war insgeheim mächtig stolz auf Bonnie, die also doch ein richtiger Hund war; Bonnie, die Rüdin.

Der Sommer verging in zunehmender Harmonie zwischen dem Hund und mir. Wir lernten die Zeichen zu verstehen, die wir einander bewusst oder unbewusst gaben. Bonnie respektierte, wenn ich am Laptop saß oder las. Sie sprang auf, wenn ich die Schuhe anzog oder nach der Einkaufstasche griff, und versteckte sich unter dem großen Wildrosenstrauch, wenn sie merkte, dass ich sie wegen der Hitze nicht mitnehmen würde. Und ich gewöhnte mich an ihren dackelhaften Eigensinn, freute mich, wenn sie mit fliegenden Ohren über die Felder raste und jedes Mal wieder vor meinen Füßen landete, um eine Belohnung zu kassieren. Trotzdem konnte ich mir manches an ihrem Verhalten nicht erklären. Ich wusste nicht, ob es Unsicherheit oder Desinteresse war, wenn sie sich in irgendein anderes Zimmer zurückzog und stundenlang unsichtbar blieb. Manche ihrer Eigenarten schrieb ich ihrer Vergangenheit als Heimkind zu, für das ungestörte Ruhe vielleicht ein ganz eigener Luxus war. Möglich ist aber auch, dass sie sich einfach meinen Gewohnheiten angepasst hatte und wusste, dass für die nächsten Stunden weder Spaziergänge noch Ballspiele zu erwarten waren. Eigentlich bin ich schon seit meiner Zeit mit Bruno davon überzeugt, dass den größeren Anteil an der unheimlichen Verständigung zwischen Mensch und Hund die

Hunde leisten, die mit ihrer bedingungslosen Gefolgschaft und einer seismographischen Wahrnehmung unsere Illusion bedienen, wir verstünden die Hunde.

Mit dem frühen Herbst begann trotz Corona ein zwar sehr überschaubares, aber umso erfreulicheres kulturelles Leben. Ich war zu zwei Lesungen eingeladen, Bonnie und ich gingen zum ersten Mal gemeinsam auf Reisen. Wenn es eines letzten Beweises bedurft hätte, dass ich mit Bonnie wider Willen ein Glückslos gezogen hatte, dann war es diese Unternehmung, die uns zuerst nach Dresden, dann in ein idyllisches Landhaus an der Elbe und endlich nach Bitterfeld führte.

Während meiner Lesung in der Dresdener Buchhandlung wartete Bonnie mit dem Mann der Buchhändlerin und der hauseigenen Französischen Bulldogge im Garten vor dem Veranstaltungsraum, von wo ich schon nach kurzer Zeit Bonnies anschwellende Klagelaute hörte, bis die Buchhändlerin sich ihrer erbarmte, sie ohne großen Aufwand von draußen nach drinnen trug und neben mir ablud.

Nachdem Bonnie sehr leise die erste Reihe beschnüffelt hatte, legte sie sich neben meinen Stuhl, kreuzte ihre Vorderpfoten, legte ihren Kopf darauf und war zufrieden. Während der ganzen Lesung gab sie nur drei grunzende Seufzer von sich, die durchaus passend die von mir gerade gelesenen Sätze kommentierten, als hätten wir das einstudiert.

Weder Bruno noch Momo haben diese Prüfung bestanden. Bruno war zu aufgeregt und kontaktfreudig, und der schweigsame Momo, mit dem ich das Experiment einmal gemacht hatte, empfand die Front der auf mich gerichteten Augen offensichtlich als eine Bedrohung, die ihn vor Angst wimmernd in die Flucht trieb. Ein Freund musste während dieser Stunde mit ihm spazieren gehen.

Zwischen meiner Lesung in Dresden und der in Bitterfeld lag ein Wochenende, das ich mit dem Buchhändlerpaar in dessen Landhaus verbrachte, einem alten Haus direkt an der Elbe, von der am Morgen dicker Nebel aufstieg und wie ein weißer Geist über dem Fluss lag.

Das Haus war groß und ein bisschen verwinkelt. Über eine steinerne Treppe gelangte man in die obere Etage, wo von der Diele ein kleiner Korridor ins Gästezimmer führte, das früher das Kinderzimmer der beiden Töchter der Familie war. Die Betten standen links und rechts an der Wand. Ich stellte meine Tasche auf das rechte Bett, worauf Bonnie entschlossen auf das linke sprang.

Am Abend saßen wir lange vorm Haus, grillten fangfrische Forellen, sprachen über dies und das, starrten abwechselnd ins Feuer und in den Himmel, an dem die Sterne so hell strahlten wie am Himmel von Vorpommern. Bonnie lag zu meinen Füßen. Überhaupt hatte sie sich, seit wir unterwegs waren, immer dicht an meiner Seite gehalten, als fürchtete sie, wir könnten uns verlieren. Irgendwann bemerkten wir, dass Bonnie verschwunden war. Ich rief und pfiff, leuchtete mit der Taschenlampe unter Tisch und Stühle, aber Bonnie war nicht da. Wir fanden sie endlich in meinem Bett. Bonnie war, als es ihr an der Zeit schien, in dem fremden, großen Haus über die steinerne Treppe und durch den kleinen Korridor in das uns zugewiesene Zimmer gegangen und hatte sich schlafen gelegt.

Die Intelligenzbeweise, die Bonnie in zwei Tagen geliefert hatte, würde ihr Hund nicht in einem ganzen Jahr schaffen, sagte der Mann der Buchhändlerin, denn Französische Bulldoggen seien nach der Statistik die drittdümmsten von allen Hunden, worauf wir einhellig versicherten, dass diese Französische Bulldogge aber ein besonders liebenswerter, friedfertiger und hübscher Hund sei mit einem wundervollen seidigen Fell und dass es überhaupt egal sei, ob ein Hund der drittklügste oder drittdümmste war. Aber ich dachte, dass ich Bonnies Intelligenz auf keinen Fall gegen ein seidiges Fell und weniger krumme Beine, nicht einmal gegen sieben fehlende Zentimeter Schulterhöhe eintauschen würde.

Bonnie absolvierte auch den Rest unserer Reise als vollkommene Gefährtin. In Bitterfeld wartete sie während meiner Lesung stundenlang still im Hotelzimmer, saß beim Frühstück geduldig neben mir, und als wir danach für ein paar Tage in Berlin Station machten, wusste sie immer noch, dass sie an der Bordsteinkante warten musste, bis ich »Lauf« sagte. Nur in der Wohnung saß sie ein bisschen ratlos herum, keine Wühlmaus, der sie hinterhergraben konnte, kein Gartenzaun, der zu bewachen war, keine Schafe, die sie zusammentreiben musste. Und kein Jörg. Sogar das Morgentreffen der kleinen Hunde auf dem Bayerischen Platz, Montag bis Freitag halb acht bis halb neun, gab es nicht mehr. Anwohner hätten sich über die nicht angeleinten Hunde beschwert, die Polizei sei gekommen und hätte sie alle verjagt, erzählte mir ein Mann, der einsam mit seinem angeleinten Yorkshireterrier auf einer Bank am Platz saß.

Mir erging es ähnlich wie Bonnie. Ich wusste mit der maskierten, Hygienebedingungen unterworfenen

Stadt wenig anzufangen und sehnte mich nach dem großen vorpommerschen Himmel.

Wir fuhren wieder aufs Land, liefen am Morgen um den See, spielten »komm«, »zurück«, »bei Fuß« und »such«, fütterten die Schafe mit den herabgefallenen Äpfeln und altem Brot, saßen bei schönem Wetter nebeneinander im Garten und sahen in die dämmrige Ferne, Bonnie auf der Suche nach den Rehen, die manchmal das Feld kreuzten, ich in Erwartung von nichts, manchmal besuchten wir Jörg und Sandra, die von Bonnie inzwischen fast so liebevoll begrüßt wurde wie Jörg, und am Abend stritten wir immer noch um den Platz auf dem roten Sofa; wir, Bonnie Propeller und ich.

Foto: © Vivian J. Rheinheimer

DIE AUTORIN

Monika Maron, 1941 in Berlin geboren, ist eine der bedeutendsten deutschsprachigen Schriftstellerinnen der Gegenwart. Sie wuchs in der DDR auf, übersiedelte 1988 in die Bundesrepublik nach Hamburg und lebt seit 1993 wieder in Berlin. Sie veröffentlichte zahlreiche Romane, darunter *Flugasche*, *Animal triste*, *Endmoränen*, *Ach Glück*, *Zwischenspiel*, *Munin oder Chaos im Kopf* und *Artur Lanz*, außerdem mehrere Essaybände, darunter *Krähengekrächz* und die Reportage *Bitterfelder Bogen*. Sie wurde mit zahlreichen Preisen ausgezeichnet, darunter der Kleist-Preis (1992), der Friedrich-Hölderlin-Preis der Stadt Homburg (2003), der Deutsche Nationalpreis (2009), der Lessing-Preis des Freistaats Sachsen (2011) und der Ida-Dehmel-Literaturpreis (2017).